AF293183

Ecole de médecine et de chirurgie de Montréal

École de médecine et de chirurgie de Montréal

Fondée en 1843 et incorporée en 1845, faculté médicale de l'Université Victoria, session 1872-73

Antigonos

Ecole de médecine et de chirurgie de Montréal

École de médecine et de chirurgie de Montréal

Fondée en 1843 et incorporée en 1845, faculté médicale de l'Université Victoria, session 1872-73

Réimpression inchangée de l'édition originale de 1872.

1ère édition 2024 | ISBN: 978-3-38817-368-9

Antigonos Verlag est une marque de Outlook Verlagsgesellschaft mbH.

Verlag (Éditeur): Outlook Verlag GmbH, Zeilweg 44, 60439 Frankfurt, Deutschland, info@outlook-verlag.de
Vertretungsberechtigt (Représentant autorisé): E. Roepke, Zeilweg 44, 60439 Frankfurt, Deutschland
Druck (Imprimerie): Libri Plureos GmbH, Friedensallee 273, 22763 Hamburg, Deutschland

Ecole de Médecine et de Chirurgie

DE

MONTRÉAL

CIRCULAIRE

Ecole de Médecine et de Chirurgie

DE

MONTRÉAL

Fondée en 1843 et Incorporée en 1845

FACULTÉ MÉDICALE DE L'UNIVERSITÉ VICTORIA

SESSION 1872-73

MONTRÉAL :

IMPRIMÉ PAR J. A. PLINGUET, 30, RUE ST. GABRIEL

1872

PROFESSEURS.

P. BEAUBIEN, M. D., Président, professeur de la Théorie et pratique de Médecine.

EUGÈNE H. TRUDEL, M. D., professeur d'accouchements et des maladies des femmes et des enfants.

J. G. BIBAUD, M. D., professeur d'Anatomie.

PIERRE MUNRO, M. D., professeur de Chirurgie.

J. EMERY-CODERRE, M. D., professeur de Matière Médicale et de Thérapeutique.

THS. D D'ORSONNENS, M. D., professeur de Chimie et Pharmacie.

H. PELTIER, M. D., professeur d'Institutes de Médecine

J. P. ROTTOT, M. D., professeur de Médecine légale,

A. BROSSEAU, M. D., professeur de Botanique.

G. GRENIER, M. D., démonstrateur d'Anatomie.

Clinique Chirurgicale.—Dr. MUNRO.

Clinique Médicale.—Dr. ROTTOT.

Président.—Dr. P. BEAUBIEN.

Secretaire et Tresorier.—Dr. H. PELTIER.

ECOLE DE MÉDECINE ET DE CHIRURGIE

DE

MONTRÉAL.

Faculté Médicale de l'Université Victoria.

L'Ecole de Médecine et de Chirurgie de Montréal, Faculté médicale de l'Université du Collége Victoria, Cobourg, Ontario, ouvrira les Cours de la présente Session le premier jour d'Octobre prochain, afin de se conformer au *curriculum* de l'Université à laquelle elle a l'honneur d'être affiliée.

Cette année, la 29me de l'existence de l'Institution, la Faculté réitère l'expression de sa reconnaissance pour la considération, l'influence et le concours qu'elle a reçus de la profession médicale de la Province de Québec et de celle d'Ontario, et particulièrement des médecins qui ont suivi son enseignement. C'est là un témoignage appréciateur de l'instruction théorique et pratique qu'elle donne à l'égal des autres Colléges du pays et du continent.

L'Université confère les titres que l'on obtient dans les Collége de l'Europe et de l'Amérique. En outre, ceux qui ont suivi les cours de l'Ecole de Médecine et de Chirurgie, antérieurement à son affiliation avec l'Université, depuis sa fondation en

1843, peuvent obtenir le diplôme en présentant une thèse et en se conformant aux réglements.

Nous prions le public, en parcourant notre Circulaire, de porter son attention sur l'organisation de l'Ecole de Médecine, sur son enseignement, et sur les Institutions qui concourent avec elle à en assurer la stabilité, l'importance et le succès.

Hotel-Dieu de St. Joseph.

Cet Hôpital est assez connu pour nous dispenser d'en faire éloge.

Il n'est pas hors de propos de mentionner que, pour faire place aux exigences sociales, les Dames de l'Hôtel-Dieu ont bâti, au Mont Ste. Famille, un Hôpital, qu'elles ont élevé à des proportions qui devront répondre aux besoins toujours croissants de la population de cette ville. Des Institutions charitables de ce genre ne sauraient obtenir trop d'extension.

Nous pouvons assurer d'avance au public, que rien de ce qui sera nécessaire au Département Médical, dans tous ses détails, ne sera négligé, pour faire de cet Etablissement un des plus amplement pourvus que l'on puisse trouver soit en Amérique, soit en Europe.

Cet Hôpital est construit de manière à recevoir deux, trois et même quatre cents malades au besoin.

C'est là que les Cliniques médicale et Chirurgicale se donnent du 1er Octobre au 1er Avril. Tous les Médecins de l'Ecole y font un service régulier, à tour de rôle.

L'enseignement médical dans cette Ecole est aussi complet que dans les autres Universités du pays, attendu qu'elle possède, pour faire application pratique des divers départements de la médecine, plus d'institutions importantes qu'ailleurs.

Anatomie.

Le département de l'Anatomie est tellement complet qu'il fournit à l'Etudiant tous les moyens qu'il peut désirer pour obtenir les *connaissances nécessaires sur cette branche.*

Chimie

Rien ne manque dans ce département pour mettre ce Cours au niveau des progrès de la Chimie moderne.

Théorie et Pratiqué de Medecine.

Notre Musée contient un assez grand nombre de pièces pathologiques pour fournir au Professeur les moyens d'étayer ses explications théoriques par des exemples d'Anatomie Pathologique.

Instituts de Médecine.

Ce Cours est ce qu'il est ailleurs, eu y comprenant les démonstrations microscopiques.

Chirurgie ou Pathologie Externe.

Notre vaste Hôpital fournit, pour ce Cours, tous les matériaux nécessaires d'application de la théorie à la pratique.

Accouchement.

Le Cours d'Obstétrie renferme tout ce que les Etudiants doivent apprendre touchant les maladies des femmes et des enfants,

L'Ecole possède un grand nombre de préparations anatomico-obstétriques. Toutes les manœuvres sont expliquées au moyen du Mannequin et des Instruments particuliers à cette partie de la Science Médicale.

MM. les Etudiants ont l'avantage de suivre la pratique et la Chinique à l'Hospice de la Maternité (Ste. Pélagie), sous la direction du Dr. Trudel, Médecin de l'Etablissement, dont les Professeurs de l'Ecole de Médecine sont Médecins-Consultants.

Matière Médicale.

Le Professeur de ce département s'est appliqué à enrichir constamment sa Collection de Substances Médecinales, de manière à ce qu'il soit difficile d'en trouver de plus complète dans ce pays.

Médecine Légale.

Nos Collections Chimiques et Pharmaceutiques fournissent au Professeur de Jurisprudence Médicale tout ce qu'il peut désirer pour faire ses expériences explicatives de la partie toxicologique de son Cours.

Dispensaires.

Monseigneur de Montréal, avec sa libéralité déjà bien connue, a placé sous le contrôle des Professeurs de l'Ecole, deux Dispensaires, l'un à la Maison de la Providence, et l'autre à la Maison des Sœurs Grises, où l'on reçoit tous les malades du dehors, chaque jour à midi, ce qui permet ainsi aux Elèves en Médecine de se familiariser avec les nombreux cas de maladies chroniques qui se rencontrent continuellement chez les pauvres. Du reste, l'un et l'autre ont été ainsi à même d'en apprécier la valeur.

Instructions Générales.

Les Cours commencent le premier Lundi d'Octobre et se continuent tous les jours, sans interruption, jusqu'au 1er Avril suivant.

Les Elèves doivent s'inscrire en entrant, et faire connaître le nombre de Cours qu'ils veulent suivre.

Ils devront être très-réguliers et assidus à suivre les différents Cours, ainsi que l'Hôpital et les Dissections, sans quoi leurs cartes seront nulles.

Institut-Módical.

Fondé il y a quatorze ans par les élèves, l'Institut-Mécical n'a cessé de marcher dans la voie qu'il s'était tracée, c'est-à-dire l'avancement dans la science au moyen de l'Instruction mutuelle. Désireux d'atteindre leur but, les Elèves se sont empressés de donner, devant cette Société, des Lectures sur divers sujets ayant trait à leur profession, et d'y soutenir des Discussions aussi intéressantes qu'utiles. Plusieurs Médecins et amis du progrès se sont fait un plaisir de seconder leurs efforts, en venant, de temps à autre, leur communiquer le résultat de leur expérience. Plusieurs membres du Clergé se sont rendus à leur appel et y sont venus traiter des questions de Philosophie Médicale du plus haut intérêt. Cette Société possède un commencement de Bibliothèque Médicale qui, grâce à leur zèle, promet d'acquérir avant longtemps un développemect considérable. Quelques Médecins ont bien voulu faire don à l'Institut d'un grand nombre d'ouvrages utiles et intéressants. Nous ne saurions trop applaudir aux louables efforts de nos Elèves, qui ont su comprendre que l'émulation bien entendue est partout la véritable garantie du succès.

De nouveaux encouragements leur ont été donnés cette année encore par la libéralité de nos Confrères de la Campagne.

Université Victoria.

Les examens pour les candidats à l'inscription à l'Ecole de Médecins et de Chirurgie de Montréal, seront en tout conformes (comme ils l'étaient avant son affiliation avec l'Université du Collége Victoria) suivant les dispositions de l'Acte Médical amendé pour le Haut-Canada (Ontario), savoir :

" Obligatoire : la Langue française, telle qu'elle doit
" être connue par l'homme instruit, l'Arithmétique,
" l'Algèbre jusqu'aux équations inclusivement, la
" Géométrie élémentaire, les Langues latine et grec-
" que ; et de plus, au choix du candidat : ou l'anglais,
" ou l'allemand, ou l'italien ; à défaut de ces langues,
" de bonnes notions sur les branches de la Physique
" qui concernent la Mécanique, l'Hydrostatique ou
" Dynamique et et Pneumatique. "

Qualification des Eleves pour le Degré de Docteur en Medecine.

1o. Tout Elève, au commencement de chaque semestre, enregistrera son nom sur le livre du Secrétaire-Trésorier, duquel il recevra son billet d'inscription, moyennant la somme de $2.00.

2o. Nul n'aura droit à la carte d'aucun Professeur, s'il ne s'est pas conformé à cette règle dès son entrée à l'Ecole.

3o. Nul Elève, venant d'une autre Institution, ne pourra être admis au Degré de Médecin, Chirurgien et Obstétricien sans avoir préalablement suivi un Cours complet à l'Ecole de Médecine et de Chirurgie de Montréal,—nos Elèves étant tenus de suivre nos Cours pendant quatre années consécutives et commencer leurs études sous un patron.

4o. Les candidats devront fournir la preuve qu'ils ont suivi le nombre de branches enseignées, telles qu'indiquées dans la présente Circulaire, et selon les dispositions de l'article 3.

5o. Nul ne sera admis au Degré de l'Université, sans avoir suivi au moins une fois tous les Cours qu'elle enseigne dans les Provinces d'Ontario et de Québec.

6o. Les Cours de moindre durée que ceux de l'U-
niversité seront évalués en proportion.

7o. Un mois avant la fin du semestre, tout candidat
donnera ses qualifications au Secrétaire, avec une
thèse sur un sujet quelconque des Sciences Médica-
les, et un certificat attestant qu'il a atteint l'âge de 21
ens.

8o. L'examen verbal, ou par écrit et celui de la
thèse se feront de la manière que les Professeurs le
jugeront convenable.

9o. L'Université exigera l'affirmation d'usage avant
de conférer le Degré.

10o. Ils fourniront aussi la preuve qu'ils sont depuis leur entrée à l'étude sous le patronage d'un Médecin pratiquant.

11o. Les Médecins, anciens Elèves de l'Ecole,
auront le privilège d'obtenir leur Degré moyennant
la présentation d'une thèse et d'un examen.

12o. Les examens auront lieu dans la première
quinzaine d'Avril, et seront divisés en Primaires et
Finals. Les premiers ne pourront être subis qu'au-
tant que l'Elève aura suivi deux fois les branches
primaires, et qu'après la troisième année d'Etudes.

PRIX DES COURS.

Anatomie..	$12 00
Chimie..	12 00
Institutes de Médecine.............................	12 00
Pratique de Médecine..............................	12 00
Chirurgie..	12 00
Accouchements	12 00
Matière Médicale....................................	12 00
Médecine Légale.....................................	10 00
Carte d'Inscription..................................	2 00
Clinique Médicale...................................	6 00
Clinique Chirurgicale...............................	6 00
Botanique..	6 00
Entrée de l'Hôpital..................................	4 00
Dissection...	5 00
Hospice Ste. Pélagie................................	4 00
Diplôme de l'Ecole de Médecine et de l'Université Victoria, y compris l'enregstrement..	30 00

N. B.—Tous les Cours doivent être payés invariablement d'avance au Secrétaire-Trésorier, et cette obligation est de rigueur, pour avoir droit d'entrée au Cours de cette Institution.

Les Elèves, s'adressant aux Professeurs, auront d'eux toutes les informations désirables relativement à leurs maisons de pension.

LISTE DES ÉLÈVES DE L'ÉCOLE
De 1845 a 1871.

MM. W. Rousseau............ Yamaska.
† * G. A. Cloutier .... Montréal,
† * A. Loupret ....Chambly,
† *Wm. Duguay.............La Baie,
* S. David ....Chambly,
* F. X. Perrault ....Montréal,
G. Laviolette..................St. Eustache,
* J. P. Rottot, M. D. V........Montréal,
* H. Sauvé....................Ste. Anne,
† Brock Carter ....Montréal,
* Michel Thibault............Varennes,
* Moïse Laurier ....Lachenaie,
* Eugène Courteau ....St. Roch,
* L. N. Bourgeois.............St. Jacques de l'Achigan,
* L. J. C. Desmarais.........L'Assomption,
* A. B. Larocque.............Beauharnois,
† * J. H. Buxton..............Montréal,
† * M. Mayball..............L'Assomption,
† N. S. Scott...................Montréal,
* A. Bondy...................Berthier,
* Aug. Brisson.................St. Roch.
* Jos. Marion...................
† * W. Vallée.................Montréal,
A. Faneuf ....St. Antoine,
Ed. Johnston..................Montréal,
* Ol. Boucher.................Montréal,
Z. Martel.......................Montréal,
Benj. Sexton...................Frelighsburg,
A. P. Barbier ....Clarenceville,
* P. Lafarge ....Montréal,
* G. Letourneux..............Montréal,
† * P. A. Larue ....Québec,
* A. R. Ellsworth...........Vermont, E. U.,
* J. D. Lafontaine............St. Philippe,
* Em. Poisson.................Montréal,

* C. Faneuf.....................St. Antoine,
* C. L. Daoust.................Beauharnois,
* F. Beïque ....St. Athanase,
P. A. M. Péloquin.............Sorel,
* Wm. Dun ....Montréal,
L. A. Beaudet..............:....Côteau du Lac,
* L. Picard ....St. Hyacinthe,
N. Chamberland ....St. Roch,
C. Latour ....Montréal,
H. Rolland ....Montréal,
A. Séguin.. ....Rigaud,
* E. Robillard ....Montréal,
* N. Robillard..................Montréal,
* P. Larochelle.. ....Montréal,
* P. Cadieux..................Montréal,
* B. Craig ....St. Antoine,
† * H. L. Hazen ....Montréal,
* C. Fournier ....Longue-Pointe,
* G. McMicking..............Montréal,
G. Hamel......................Montréal,
* C. Brown ....Durham,
* A. Crevier ....St. Hyacinthe,
* L. E. Dabord ....Champlain,
* J. E. Poitevin..............Montréal,
* L. L'heureux ....St. Hyacinthe,
† * S. Gauthier..............Montréal,
† *H. Nelson ....Montréal,
A. Nelles ....Ste. Catherine,
* F. Charpentier..............L'Assomption,
* G. Tassé ....Montréal,
* C. Keefer ....Thorold,
* O. Raymond..................Montréal,
W. Benning ....Montréal,
† *L. McGillivray............Ste. Thérèse,
* Jos. Lapierre ....Ste. Antoine,
* L. Lepailleur ....Châteauguay,
* H. E. Mulloy ....Plattsburg, E. U.
* J. McFarlane...............Port Robertson,
* A. Nelson ....Montréal,

* F. Laterrière ....Eboulements,
J. E. Dorion ....St. Ours,
† * C. Delinelle...............Montréal
* A. Beaubien..................Ste. Elizabeth,
† J. Marchesseau.............St. Hyacinthe,
C. Brunelle....................St. Roch,
† * R. A. Lafleur ....Beauharnois,
F. Owens ....Belleville, C. O.,
J. C. Butler....................Dunham,
† * R. Daoust..................Beauharnois,
* C. F. F. Trestler...........Montréal,
* Chs. Casgrain..............Rivière-Ouelle,
* Chs. Lemoine ....Château-Richer,
* G. Leclère ....St. Hyacinthe,
* G. L. St. Amand ....St. Antoine,
* R. Brisson.....................St. Roch,
* W. Mount.....................Mascouche,
* Z. E. Dugay...........,.....Yamaska,
* J. Prévost....................Ste. Anne des Plaines,
A. Bertrand ....Isle Verte,
J. Didier ....Isle Dupas,
† * M. Sabourin...............Montréal,
* Af. Fortier..................Ste. Scholastique,
* O. Brunean..................Montréal,
† * Jos. Biron..................Pointe Claire,
C. Fournier ....Vaudreuil,
* A. Millet.....................Yamachiche,
† * J. Quesnel ....Montréal,
† * Jos. O'Leary..............St. Hyacinthe,
* Jos. Boudrias................Montréal,
* Jérémie Prendergast .....Québec,
N. Furoy ....Québec,
† * A. Delisle.................Montréal,
* J. A. Desjardins............Vaudreuil,
G. Rousseau...................Yamaska,
* G. Quesnel...................Bécancour,
* H. J. Girouard...............St. Marie,
† * Z. Boudreau ....Trois-Rivières,
* Chs. Demartigny...........Varennes,

* J. E. Ferté.....................Montréal,
* B. Moreault ....Trois-Rivières,
† A. Cypiote ....Montréal,
* A. Duchesneau..............St. Scholastique,
† A. Bienvenu ....Montréal,
* Chs. J. Leclerc..............St. Hyacinthe,
* P. O. Lefort.................Ste. Anne des Plaines,
* A. Bissonnette ....Laprairie,
* G. Daoust.....................Ste. Anne de la Pérade,
* H. Dansereau...............Verchères,
* L. B. Durocher..............St. Antoine,
* R. Tassé ....St. Laurent,
* J. Boulet.....................Montrëal,
* A. Charbonneau ....St. Vincent de Paul,
† * P. Pepin ....St. Marc,
* A. Paquet.....................St. Cuthbert,
* J. Franchère ....Ste. Marie,
* O. Peltier ....Montréal,
* M. H. E. Gaudette ....St. Hyacinthe,
* A. DeCouagne..............Montréal,
* Jos. Dupuis.................St. Philippe,
* J. Leblanc....................Baie du Febvre,
* R. Whitefort ....Trois-Rivières,
* John Ross....................Ste. Anne de la Pérade,
* A. Lesieur Désaulniers...Rivière-du-Loup,
F. Benoit.......................Varennes,
* P. St. Jean...................St. Denis,
* E. Laberge..................Châteauguay,
* L. D. Cyr.....................St. Cyprien,
* J. B. O. Lanctôt............St. Constant,
* Chs. Bellehumeur.........Ste. Rose,
* H. R. Casgrain..............Rivière Ouelle,
* A. C. Picault...............Montréal,
* L. G. V. De Lorimier.....   "
* G. B. Lafleur...............Ste. Scholastique,
† C. Labonté..................Longueuil,
* G. Larocque.................St. Jérôme,
* F. X. Côté...................St. Hyacinthe,
* Amb. Tremblay............St. Simon,

† * H. N. Casavant...........St. Césaire,
* A. Ricard.....................Montréal,
* L. Forest....................L'Assomption,
* C. Lemaître Auger.........Rivière-du-Loup,
† H. O'Donoughue...........St. Cyprien,
* S. Goyette...................St. Constant,
* M. Palardy...................St. Hyacinthe,
* C. Dufresne.................Laprairie,
* D. Archambault...........St. Lin,
* A. Marien....................L'Assomption,
* L. Quintal...................St Hyacinthe,
* H. J. Lemaire St. Germain. Montréal,
* J. Sauriol....................St. Martin,
L. Trudeau.....................Longueuil,
A. Contant......................Lachenaie,
* U. Têtu......................St. Pie,
* J. A. DeMartigny..........St. Hyacinthe,
* N. Drainville.................St. Cuthbert,
* P. C. Giroux..................Trois-Rivières,
* L. Fortier....................Ste. Scholastique,
* R. Mignault ....St. David,
* Chs. Faribault..............L'Assomption,
* P. H. Bernier..................St. Hyacinthe,
* A. Marçant....................L'Assomption,
* J. E. Nolin......................L'Assomption,
* A. Duhamel....................Montréal,
* E. C. P. Chèvrefils........St. Michel d'Yamaska,
* F. D. Fontaine...........St. Hugues,
* C. Lemire, M.D.V.......Laprairie,
* T. Brosseau, M.D.V.....Laprairie,
* Joseph Renaud.... .....St. Henri de Mascouche,
† * D. Généreux............St. Hyacinthe,
* J. Forest.......................L'Assomption,
* Jos. Lenoir..................Montréal,
* Barolette....................Rivière-du-Loup,
• O. Tanguay...................St. Hyacinthe,
• D. Gaudette...................St. Hyacinthe,
• D. Marcil.......................St. Harmas,
• A. Têtu.........................St. Pie,

· ·C. Mongeon.................St. Mathias,
L. J. B. Beaubien..............Montréal,
L. Trudeau.....................   "
· J. Boudreau..............,....St. Grégoire,
· V. P. Lavallée...............Berthier,
· L. P. Brassard................St. Grégoire,
† F. Guilbaut................,..Montréal,
O. Rousseau..................... Yamaska,
· H. Lemery ....Ste. Scholastiques,
· J. M. Desroches.............Ste. Anne des Plaines,
· J. Leclair....................Terrebonne,
· J. Fortier....................Ste. Scholastique,
· P. Chapleau..................Terrebonne,
· H. M. Barcelo..............Ste. Scholastique,
· N. Duchesnois..............Varennes,
· E. Painchaud ....Varennee,
· J. L. Detrosiers, M.D.V.Berthier,
· J. N. Chopin ....Montréal,
· A. Dagenais, M.D.V ..... "
· P. A. Bérard.................St. Marcel,
· Ch. Lescaut.................Verchères,
†   A. Paré...................St. Bruno,
A. Barbeau ....Montréal,
D. Viger ....,.................L'Assomption,
· L. Foisy ....St. Michel-Archange,
 J B. Paradis..................St. Michel-Archange,
· A. M. Rivard ....St. Léon,
· T. Desjardins ....St. Janvier,
· L. J. B. Beauchemin ......Varennes,
· Jules Taschereau ....,......Québec,
· H. Venne....................L'Assomption,
· J. A. Desjardins ....Vaudreuil,
· G. E. Roy...................Boucherville,
· F Guertin ....Belœil,
· Edelmar St. Cyr............Trois-Rivières,
· Louis Gravel ....St. Antoine,
· Alf. Gaucher ....St. Damase
· Isidore Fréjeau ....St. Hyaci,nthe,
· Numa J. Samory..............Nouvelle-Orléans,

Ed. DeBellefeuille .... Montréal,
· J. O. Lallier.................St. Augustin,
· G. Smith ....Baie du Febvre,
· H. Savoie....................Rivière-du-Loup,
† · A. L. A. Laferrière......St. Cuthbert,
· Théop. Lacasse ....Terrebonne,
· Cléophas Pinsonnault .....Ste. Marie de Monnoir,
· Avila Valois.................Vaudreuil,
· Flavien Hamelin ....Montréal,
· G. H. Fontaine..............St. Hyacinthe,
· Léon Vermet ....Ste. Scholastique,
· Thomas Larue ....St. Denis,
· A. Fortier ....Plantagenet,
· Arthur Gladu ....St. Antoine,
· Herménégilde Préfontaine Belœil,
· A. Gaboury ....St. Jean-Baptiste,
† · N. E. Coderre...........St. Antoine,
† · Charles Ponton..........St Grégoire,
· Pierre Grenier ....Trois-Rivières,
· L. H. Nadeau ....St. Marie,
· A. P. V. Vilbon ....Montréal,
· Etienne Prévost............St. Génevieve,
· F. Paré.....................Longueuil,
· Alf. Mignault ....St. Antoine,
· F. X. Beaudry..............Montréal,
· A. Desrosiers...............Berthier,
N. Lacerte ....Yamachiche,
† · Etienne Gagnon.........Rivière-Ouelle,
· D. Marsolais................L'Assomption,
· Tréflé Garceau.............Montréal,
* MM. J. M. Lecavalier......St. Laurent,
* C. A. Quevillon............Montréa l,
* J. M. Bohémier ....Ste Anne des Plaines,
N. Melançon ....St. Jacques,
* Philémon Provost ....Montréal,
* L. J. Lefebvre..............Montréal,
* H. A. Labadie ....Montréal,
†Ludger Carreau..............St. Athanase,
N. Marsan · ....Ste . Thérèse,

‡ O. Bonin .... Contrecœur,
‡ A. Bazin .... St. Ours,
* Isidore Ethier .... Mascouche,
† A. Gaudreault .... St. Hyacinthe,
† F. X. Vinet .... Longue-Pointe,
. H. French .... St. Hyacinthe,
. L. A. E. Desjardins......... Terrebonne,
† · F. Labelle, ... St. Jérôme,
· I Côté........................ St. Ursule,
· G. Giguère .... Rivière-du-Loup,
· F. Gaboury .... St. Jean-Baptiste,
· G. Labrie .... Ste. Adèle,
· F. X. Duplessis .... Pointe du Lac,
. G. H Dufresne .... Montréal,
· J. Pâquet.................... St. Cuthbert,
· E. Chapleau .... Montréal,
· N. Jacques.................. La Présentation,
· D. Martel, M. D. V´......Chambly,
· F. X. Valade .... Longueuil,
· F. X. Girard .... Longueuil,
· E. R. Darche .... St George de Henriville,
· J. Lippé .... L'Assomption,
· S. Gauthier .... Montréal,
· J. Beaudin .... St. Isidore,
· H. Roy...................... St. Aimé,
· A. Lenoir .... St. Henri,
· E. Munro.................... Montréal,
· C. Perrault.................. St. Hyacinthe,
· N. Hébert .... Montréal,
· J. Bourque .... Epiphanie
· J. B. Forest .... L'Asomption,
· Ed. Mount .... Mascouche,
† H. Gaboury................. St. Jean-Baptiste,
† O. A. Desnoyers............ St. Jean-Baptiste,
B. Globensky.................. Montréal.
† H. Park.................... Montréal,
· Ed. Hétu................... L'Assomption,
· G. Germain................. St. Vincent de Paul,
· A. Gervais .... St. Roch.

- A. Artois ....Ste. Brigitte,
- M. Perras.......... ......St. Isidore,
- W. Smith.....................La Baie du Febvre,
- E. St. Jacques..............St. Hyacinthe,
- L. Lafortune ....St. Roch,
- A. Caron ....Lachenaie,
- F. Kertson ....Montréal,
- J. Montmarquet............Montréal,
- A. Laviolette ....St. Eustache,
- A. Archambault ....St. Antoine,
- H. Ladouceur ....St. Martin,
- G. Leroux....................St. Marc,
- A Thibault ....Montréal,
A. Achim......................Longueuil.
- G. Grenier ....Montréal,
- A. Guertin ....St. Césaire,
- L. Fafard.....................Lachine,
- C. Loiseau ....St. Ambroise de Kildare,
A. Drolet ....St. Jean,
H. Brodeur.....................Varennes,
- J. Ducharme, M. D. V......Contrecœur,
- A. Laporte, M. D. V.......Pointe-aux-Trembles
- A. Dagenais, M. D. V......Montréal,
- A. Laramée, M. D. V.......Montréal
- A, Primeau, M. D. V.......Montréal,
- L. Benoist, M D. V.........St. George de Windsor,
- T. S. Bulmer, M. D. V..... Montréal,
- A. Gladu, M. D. V.........St. Hyacinthe,
- E. Palardy, M D. V.......Verchères,
- Gariépy, M. D. V..........St. Lin,
- J. O. Dutrizac, M. D. V....Sault-au-Récollet,
- A. Delvechio, M. D. V .....Montréal,
- L. L. Voligny, M. D. V....St. Thomas,
- D. B. A. Machean, M. D. V.Montréal,
- L. S. Poulin, M. D. V......Ste. Marie de Monnoir,
- Henry Choquette, M.D.V. Verchères,
* L. Brodeur, M.D.A.........Varennes,
- P. Valois, M.D.V............Montréal,
- P. Valcourt, M.D.V........St. Simon,

* J. Demers, M.D.V............St. Bruno,
* H. Béliveau, M.D.V........Montréal,
* J. Archambault, M.D.V...Terrebonne,
† P. U. Richard, M.D.V......Montréal,
* J. Gingras, M.D.V..........St. Hyacinthe,
* D. Drainville, M.D.V.......St. Barthélemy,
* Jules Robitaille, M.D.V..Québec,
* A. Laferrière, M.D.V.......St. Barthélemy,
* B. Vigneau, M.D.V.........St. Grégoire,
* Isaïe Sylvestre, M.D.V....St. Guillaume,
* G. A. Longtin, M.D.V......Montréal,
* A. Garneau, M.D.V.........Ste. Anne de la Pérade,
* Ant. Marotte, M D V......Montréal,
* F A Dame, M D V. ..... Rivière-du-Loup,
* J B Deguise, M D V......Montréal,
* G Madore, M D.V.........Ste Anne,
* S. Martineau, M D V......Lavaltrie,
* Noé Pratte, M.D.V.........St. Vincent,
* P. Bergeron, M.D V......Yamaska,
† J. B. Ouimet, M. D. V.....Ste. Rose,
* L. Corbeille, M. D. V......Mascouche,
* G. Laviolette, M. D. V.....Montréal,
* H. Moreau, M. D. V.......St. Jean,
* L. Proulx, M. D. V.........Ste. Géneviève,
* W. Ferron, M D. V.......Machiche,
* J. Lanctot, M. D. V,......St. Constant,
* F. X. Trudel, M. D. V.....Batiscan,
* E. Gervais, M D. V........Trois-Rivières,
* E. Boissy, M. D. V..........Montréal,
* A. Meunier, M.D.V. ......Montréal,
* E. Plante, M.D.V. ....Châteauguay,
* P. B. Mignault, M.D.V.....Worcester,
* S. Aubuchon, M.D.V......St. Vincent.
* E. Hurtubise, M.D.V ......Montréal,
* A Larose, M.D.V............Mascouche,
* E. Lachapelle, M.D.V.....Sault-au-Récollet,
* E. H. Dansereau, M.D.V..Verchères,
* T. Marchesseau, M.D.V..St. Antoine,
* W. A. Bald, M.D.V........Trois-Rivières,

* J. A. Pelletier, M.D.V.....Ste. Anne de la Pérade,
* A. Tremblay, M.D.V......Berthier,
* A. Tanguay, M.D.V......St. Hyacinthe,
* P. Giroux, M.D.V..........Beaufort,
* Wm. Lamontagne, M.D.V.Pointe-Lévis,
* S. Santoire, M.D.V..........Longueuil,
* G. Archambault, M.D.V..Répentigny,
* Luc Quintal, M.D.V........Verchères,
   A. Hamelin..................Montréal,
* C. J. Rinfret, M.D.V......Cap Santé,
* A. Rinfret, M.D.V.........Cap Santé,
* Ch. Pratt, M.D.V.......... Montréal,
† J. B. Buck..................St. Jacques,
* L. U. Bélanger, M.D.V....L'Islet,
* L. A. Paré, M.D.V.......Lachine,
* A. St. George, M.D.V......Cap Santé,
* N. Prévost, M. D. V........South Ely,
* P. Laberge, M.D.V.........Ste. Martine,
* A. Gadbois, M.D.V.......St. Antoine,
* H. Primeau. M.D.V........Châteauguay,
* Legris, M.D.V...............Rivière-du-Loup,
* V. Mignault, M.D.V......St. David,
* Ig. Chaurette, M.D.V.....Ste. Génevière,
   M. T. Lefèvre...............Montéal.
* M. Bellemarre, M.D.V.....St. Guillaume,
* P. Sylvestre, M.D.V.......St. Barthélemy,
* O. Mousseau, M.D.V......Berthier,
* G. Laharre, M.D.V.........Gentilly,
* P. Chagnon, M.D.V........Verchères,
* J. Hardy, M. D. V............Champlain,
* L. Grenier, M.D.V.........Rivière-du-Loup,
* J. M. A. Perrin, M.D.V....Montréal,
* O. Camirand, M.D.V......Sherbrooke,
* B. Fagnan, M.D,V.........St. Marcel,
* P. E. Dansereau, M.D.V..Verchères,
   A. Longpré...... ....Papineauville,
   Ph. Duquet..................Montréal,
* J. J. Sheppard, M.D.V ...Joliette,
* F. Gatien, M.D.V ....Ste. Marie de Manoir,

* H. Desjardins, M.D.V.....Montréal,
* W Dick. M.D.V............Québec,
* L. Mitiguy, M.D.V.........Ste. Marie de Manoir,
  C. B. Desmarteau...........Boucherville,
* A. Robitaille, M.D.V......Québec,
* L. J. E. Gouin, M.D.V....Baie du Febvre,
  A. L. Z. Duval,..............St. Jean Port Joli,
* G. M. Grondin, M.D.V...St. Thomas,
  M. Fontaine ....St. Hughes,
* J. A. Deslâges, M.D.V...St. Augustin,
  P. Lévêque..................Isle Verte,
  A. Dorval ....St Césaire,
  L. N. Fréchette.............Sorel,
  E. E. Gareau................Montréal,
  J. Duvert...................St. Hyacinthe,

Semestre 1871-72.

P. F. Casgrain................Napierreville,
N. Fafard.....................Montréal,
A. Majeau.....................Joliette,
E. Rose.......................St. Urbain,
Z. Contois....................St. Barthelemy,
G. Hénault....................St. Cuthbert,
T. Gaboury....................St. Martin,
V. Moquin ....Laprairie,
J. Chevalier..................L'Assomption,
J. Laurendeau.................St. Barthelemy,
J. B. Laporte.................Lavaltrie,
D. Léveillé...................Ste. Anne des Plaines,
A. Brossoit...................Beauharnois,
A. Mathieu....................Lachenaie,
C. J. Coulombe................St. Cuthbert,
S. Lachapelle.................St. Rémi,
A. Lamarche...................Montréal,
P. Cartier....................St. Antoine,
O. P. Hétu....................L'Assomption,
V. E. Brouillet...............St. Alexis,

A. D. Aubry.......................St. Hermas,
T. Phénix ....St. Alexandre,
A. Lanouette....................Champlain,
F. Filiatrault....................Ste. Rose,
P. Leduc........................L'Ange-Gardien,
A. Demers......................Montréal,
E. Ferron.......................Yamachiche,
H. Larocque....................Lacadie,
L. Prevost......................Montréal,
A. Jetté........................St. Hyacinthe,
G. Duhaut......................Montréal,
E. Lalonde.....................Ste. Marthe,
E. Lesage......................Rivière du Loup,
J. G. Leduc....................St. Bruno,
P. Désilets.....................St. Grégoire,
J. Bédard......................Ste. Marie-Monnoir,
T. Trudel......................Montréal,
A. Piché.......................Montréal,
H. Gadoury.....................Berthier,
J. Lemieux.....................St. Urbain,
V. Laurin......................Lorette,
E. Fauteux.....................St. Barthelemy,
A. Gaboury.....................St. Martin,
M. Ethier......................St. Alexandre,
L. Hébert......................St. Michel-Archange,
H. Beaudoin ....Ste. Anne des Plaines,
R. Pominville...................St. Vincent de Paul,
O. Coutu.......................St. François du Lac,
L. C. Prevost..................St. Jérôme,
C. Demers......................Ste. Genéviève,
O. Larue.......................St. Ours,
J. Gagnon......................Sault-au-Récollet,
G. Beaudry.....................Montréal,
O. U. Pepin....................L'Assomption,
E. Guillemot...................Ste. Anne des Plaines,
N. B. Desmarteau...............Boucherville,
J. Dupuis......................Laprairie,
T. A. Dufort...................St. Antoine,
R. Brodeur.....................St. Damase,

E. Ouimet......................Ste. Rose,
C. Desorcy......................St. Cuthbert,
J. Pâquet......................Lanoraie,
A. Duval......................Québec,
A. Nadeau......................Ste. Marie-Monnoir,
P. Meunier......................Yamachiche,
L. Laberge......................Montréal.
S. Lamoureux......................St. Hughes,
G. D. Lafrenière......................St. Félix,
Avil Germain......................St. Vincent de Paul,
A. Germain......................   "
V. A. Harel......................Montréal,
J. E. Berthelot......................   "
J. D. R. McDonell......................Rigaud,
A. C. Désautels......................St. Charles,
M. L. Brunet......................Montréal,
O. D. Bondy......................Montréal,
P. Carrière......................Montréal,
L. M. A. Roy......................Montréal,
V. Gosselin......................Montréal,
J. Charbonneau......................Ste. Marie-Monnoir,
J. M. Boileau......................St. Raphaël,
L. Beaupré......................St. Michel-Yamaska,
Wm. McDonald......................Montréal,
G. G. U. Peltier......................St. Guillaume,
A. Roy......................L'Acadie
H. Grondin......................Laprairie,
F. Demers......................St. Bruno,
Z. Mignault......................St. Augustin,
G. Archambault......................L'Assomption,
J. Larivière......................St. Alexandre,
C. M. Filiatrault......................Montréal,
T. O. G. Wilson......................St. Jérôme,
H. A. Simard......................Québec,
E. Pâquet......................Ste. Elisabeth,
L. J. Martel......................St. Hyacinthe,
H. Héroux......................St. Tite.

Gradués en Mai 1872.

F. Patoël, M. D. V.
J. B. Laporte, M. D. V.
L. J. P. Desrosiers, M. D. V.
A. Dagenais, M. D. V.
A. Fafard, M. D. V.
Z. Rouleau, M. D. V.
C. J. Coulombe, M. D. V.
V Laurin, M. D. V.
C. M. Filiatrault, M. D. V.
T. Dufort, M. D. V.
P. Meunier, M. D. V.
O. Larue, M. D. V.
P. Carrière, M. D. V.
N. B. Desmarteau, M. D. V.
T. Trudel, M. D. V.
L. Beaupré, M. D. V.
V. Gosselin, M. D. V.
U. Gaboury, M. D. V.
P. Cartier, M. D. V.
H. Héroux, M. D. V.
J. Gagnon, M. D. V.
J Pâquet, M. D. V.
H. Larocque, M. D V.
J. Dupuis, M. D. V.
A. Mathieu, M. D. V.
A. Simard, M. D.V.
Z Mignault, M. D. V.
R. D. McDonell, M. V.
F. Demers, M. D. V.
L. M. A. Roy, M. D. V.

P. S.—Dans cette liste ne sont pas inscrits les noms des Etudiants qui ont suivi les Cours de 1843 à 1845, c'est-à-dire avant l'Acte d'Incorporation.

N. B.—Ceux dont les noms sont précédés d'un astérique ont été reçus Médecins, et ceux avec M. D. V. à la suite de leurs noms, sont Gradués de l'Université de Victoria College, Cobourg.

Ceux dont les noms sont précédés de cette marque (†) sont décédés.